POLICE

INTERDIT AU MOIN DE 18 ANS

COUDRIN- l'enfant noir Le code de la propriété intellectuelle n'autorisant aux termes des paragraphes 2 et 3 de l'article

L.122-5, d'une part, que les copies ou reproductions strictement réservées à l'usage privé du copiste et non destinées à une utilisation collective et, d'autre part, sous réserve du nom de l'auteur et de la source, que les analyses et les courtes citations justifiées par le caractère critique, polémique, pédagogique, scientifique ou d'information, toute représentation ou reproduction intégrale ou partielle, faite sans le consentement de l'auteur ou de ses ayants droit ou ayants cause, est illicite (article L.122-4). Cette

INTERDIT AU MOIN DE 18 ANS

CHAPITRE 1 PROF ABSENT

OUF, je suis enfin arrivé à destination.classe merde prof absent.Actuellement, c'est la folie, ils passent.plus de temps passé en arrêt qu'au travaillls sont réellement rémunérés pour rester.Chez eux, c'est vraiment dommage que je ne sois pas devenu professeur à l'âge de 14 ans Il est vraiment nécessaire que je parvienne à trouver. Une manière de mettre un terme à sa scolarité et que je devine, professeur, n'importe.Quel poste serait plus d'un?
Une fois que j'aurai réussi, je pourrai enfin créer une

entreprise.La famille a décidé de quitter cette région infâme. parisienne où il n'y a que des Personne impliquée dans le commerce illégal et les personnes agaçantes JEHOVA enfin pour résumer ça devient super compliqué de rester ici ils On peut constater que les prix de l'immobilier sont en hausse. En Bretagne et sur l'ensemble du territoire territoires de france ils faut gagner toujours avec plus d'intensité que les prix baissez en tout cas ces Le jour où l'état s'emmerde vont bloquer les prix définitivement.

CHAPITRE 2, GRÈVE DES PROFESSEUR

IPOLICE HUGO ALEXIE
NATHAN et ANTHONY

vous n'allez pas à l'école tous là
semaine, ils sont tous en grève
dont vous partez en formation A
SENE, ils sont en manque de
personnel pour les rangements
et trie le papier, en tout cas il sont
bien en galère, vous partez pour 5

semaines de formation dont je
vous laisse préparés vaux
valise-vous partez dans moins de
35 minutes, pas contre vous
partez avec le minibus
électriques, je ne sais pas à
quelle heure vous arrivez

(9 heures plus tard)

BONsoire je vous accompagnerai
là
vos chambres, en tout cas 1
bonnes nouvelles, il n'y a pas
des escaliers à monter, et voilà
vos
studio HUM ça sent bon la
peintures fraîches

(LENDEMAIN)

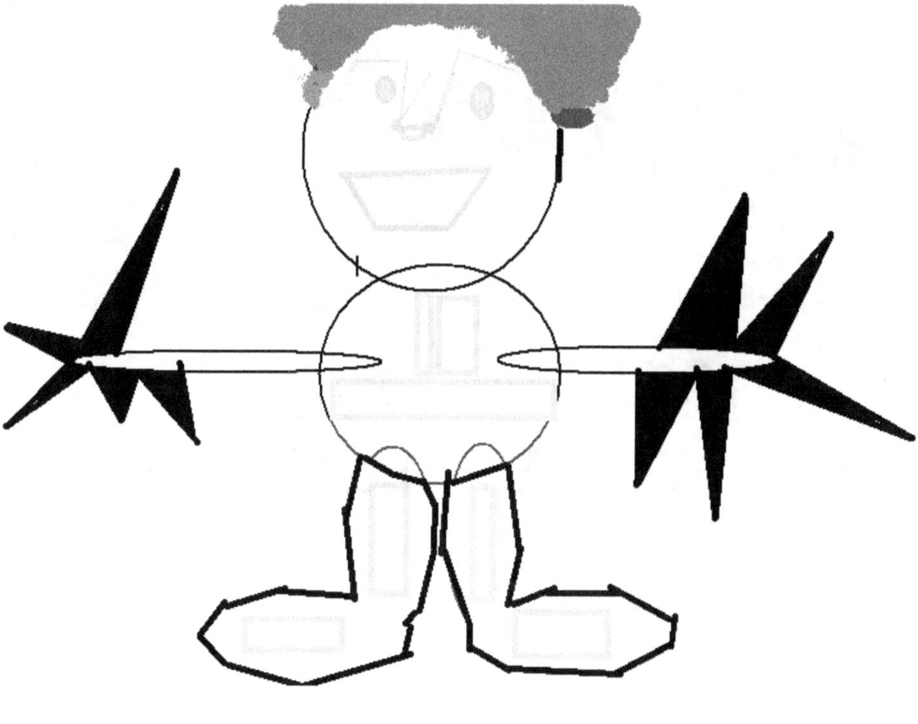

WOUAH, on a tous sa a trié en tout cas, il il y a pas mal de dossier

CHAPITRE 3 RENCONTRE AVEC L'ÉQUIPE RAPIDO

Bonjour les cinq beaux gosses.Quoi qu'il en soit, vous avez super bien
avancez, il ne reste que 5 dossiers à trier. Qui êtes vous tous les 5 ON est l'équipe RAPIDO nos parents sont en Seine-et-Marne, ils sont partis.

Effectuez des remplacements, ils
Ils seront de retour le mois
prochain
tout ce qu'on attend avec
impatience, c'est leur retour
rentrent.OK donc vous formez
tous les 5, l'équipe RAPIDO mais
Alexie, arrête-toi avec des
questions, on est là pour le
boulot.

GHROUM

WOUHA ravie de te revoir p'tit diable numéro 2, étiquette verte C'est une excellente nouvelle, c'est parfait.

GHROUM

Pourtant, il a disparu. Il vient de
repartir. en région parisienne pas
téléportation. Impossible ça
N'hésite pas, et puis de toutes les
façons
Dans le cas où cela serait
possible, de cette manière sa
pourrais être très utile pour les
Les services prioritaires et
ensuite que font vos parents

Maman et Papa ne font pas Être satisfait. STOP p'tit diable

numéro 2, équipe RAPIDO
Réorganisation du programme, vous
Partez à Brest, vous allez travaillez avec les parents, je dois garder p'tit diables numéro 2 La téléportation n'est pas possible ici. diable numéro 2

GHROUM

Allez dans mes bras p'tit diable numéro 2 HUM direction la douche et pas de comédie

CHAPITRE 4 RETOUR À L' AUBERGE

GHROUM

Oh là là, mais nous sommes de retour à
l'auberge BONJOUR les 5 allor
Comment s'est passée votre journée?
journée de labeur il y a eu annulation du programme prévu arrive assez régulièrement en tout de même superbe travail tous les
Les dossiers sont triplés ou quadruplés. Je tiens à vous remercier pour votre aide précieuse.Tu tri au moins on va pouvoir. passée à autre chose je vous

accompagne à vaux studio suivez moi je vous pris.1 MINUTES qui nous prouve qu'on va pas être renvoyés vers la région parisienne

HA HA HA

Pas ce mois-ci normalement.

ALPHONSE bonsoir messieurs pardon de te déranger mais a tu vu les couvertures de l'étage 3 ? OUI EDOUARD elle sont la sur cette étagé au fond à gauche ce sont les violet.MERCI ALPHONSE

(2 semaines après)

EXCELLENTES nouvelles les 5 vous Vous avez bientôt terminé votre mois de remplacement dont vous serez renvoyés en Ile-de-France Dans les prochaines 72 heures,

Est-il possible de rester plus longtemps? Depuis plusieurs mois, il y a encore des
Les restrictions sont présentes au niveau des Horaires et en plus il y a le
Couvre-feu dit oui 'allée. on et pas les grand-patron voilà le formulaire si vous voulez rester.Nous vous laissons les

remplies mais Il n'est pas certain
que cela passe.

CHAPITRE 5, RÉUNION AVEC LES GRANDS PATRONS

BON, alors comment ça s'est passé avec les 5 DÉTARCHES de la région parisienne, Edouard et Alphonse SUPER bien, Ils ont remplir ces formulaires pour rester plus longtemps et éviter de subir

les couvre-feux à 18 h ce qui se passe en région parisienne. AUCUN problème il manque des bras à SÉNÉ et à l'hôtel PALAUD les équipe.

ANGE NOIR... ENCRE NOIRE.. LES
6 DIABLOTINS
LES 4 JUMEAUX
MALÉFIQUES..LES BEAU GOSSES
LES 3 P' TIT ANGE et l'équipe LES
5 RAPIDE

sont mobilisés dans les auberges

ANGEVIN PALAUD et les JUMEAUX BOSSEUX

les équipes ANGEVIN et
JUMEAUX BOSSEUX

 Vous êtes en vacances pour 8
jours. BONNE VACANCE,
BONJOUR
les 5 détachés, alors votre
demande est validée, par contre
vous s'être envoyés à Brest pour
des remplacements et des nuit de

remplacement Vous bossez que 4 heures pas jours dont uniquement le Matin à fin de respectez la loi.

CHAPITRE 6 arrivée à Brest

GHROUM

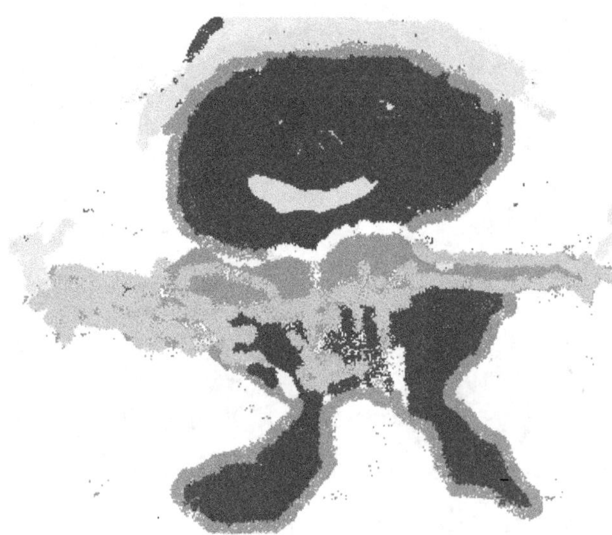

voilà vos calendriers, les 5
détarches.JE vous laissent avec
les

infirmière et infirmier à tous tas l'heure

GHROUM

(29 heures plus tard)

Alors les 5 détachés, comment c'est passez ces 5 semaines de formation, et oui, vous s'être super bien fatigué allée, direction. LA

presque il de Quiberon et oui, le taf c'est loin d'être fini, mais rassurez-vous les équipes

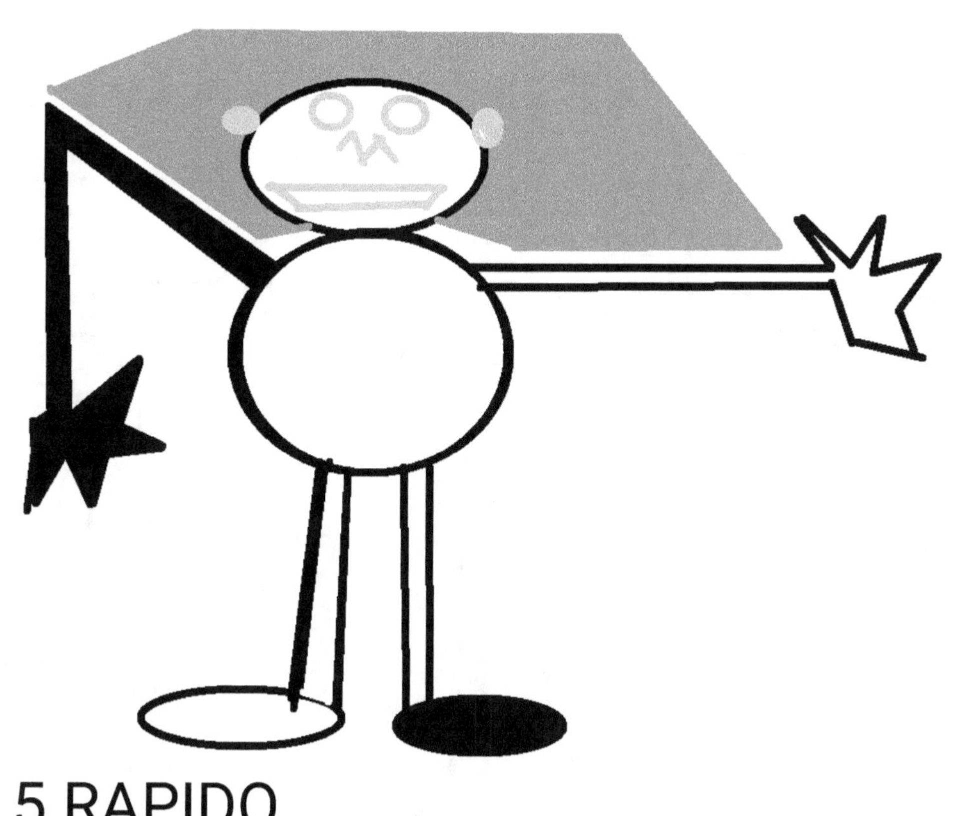

5 RAPIDO

Encre noir et ange noir

seront avec vous, donc pas de conflit et de problème avec ces équipes qui ont fait 398 heures cumulé sur 9 mois d'affilée et oui eux aussi font médecine, mais ils non, pas le pouvoir de

régénération et dons ne peuvent
ne pas soigner les parties que
nous
prénom en charge, voilà pourquoi
ils sont des horaires de fous
malades et qu'ils sont super
épuisée allée

GHROUM

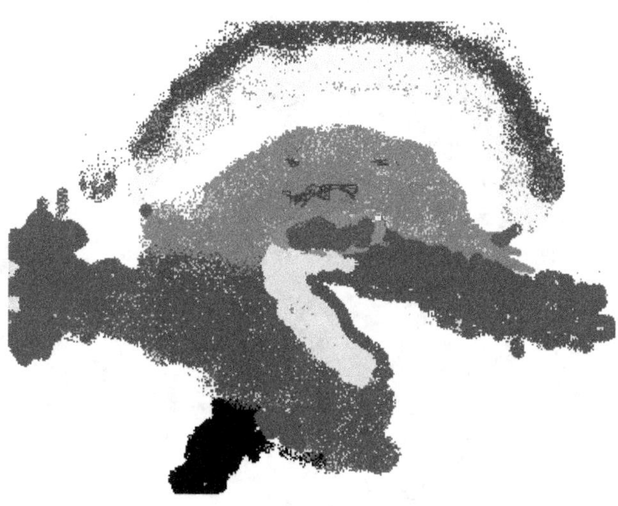

OUF, on va pouvoir s'occuper des partiens niveaux supérieurs heureusement que l'équipe FORMULE 1 est venue ce matin pour faire le grand ménage.

CHAPITRE 7, ARRIVÉE À SAINT-PIERRE-QUIBERON

GHROUM

WOUHA, mais on est sur 1 plage.OUI on appelle ça des vacance imposée, et puis ça fait du bien d'être en vacances forcée, etc
puis ça fait du bien de lâcher prise et profite 'en avant que p'tit diable numéro 2 arrive il est insupportable sur tout quand on ne le surveille pas, et en plus il possède lui aussi le pouvoir de ce téléporté dont il est pénible.MERCI mais vous être la quelle équipe ANGE NOIR ceux qui vont dans l'eau c'est

l'équipe ENCRE NOIR et ceux qui font bronzette, c'est l'équipe LES 5 RAPIDOS.OK et comment se fait t'ils que vous travailliez tous dans le domaine médical. On est là que pour les remplacement, on travaille plus souvent dans les auberges

PALAUD ANGEVIN et l'auberge des 2 JUMEAUX BOSSEUX

.D'accord, mais vos parents
comme se fait-il que ce
ce soir, 2 hommes 1 que vous
appelez père et l'autre
maman.NON on na 1 mère, 1 père
et 1 tonton seuil p'tit diable
numéro 2 est sévèrement
dyslexique, dont il appelle

souvent tonton maman, c'est tout.

CHAPITRE 8 ARRIVÉE DE P'TIT DIABLE NUMÉRO 2

GHROUM

CHUT CHUT CHUT Allez dans mes bras pas contre dodo pas de comédie, hein

(2 heures plus tard)

ALLEE debout là-dedans, allez,
allo p'tit diable numéro 2,
comment ça va, alors ça fait quoi
d'être enfin en vacances avec
nous sur tout que tu restes 4
jours, hein, et en plus, c'est ton

anniversaire demain.Allez direction la douche p'tit diable numéro 2 les 5 détachés vous vouliez savoir à quoi servaient la piscine dans la cuisine venez on va vous montrer. ALLEE p'tit diable direction la piscine, on te laisse goûter l'eau on vient de rejoindre d'un moins de 5 minutes. ATTENDEZ-vous utilise 1 piscine pour vous lavés.OUI il y a 8 filtres et 2 bombes solaires et puis au moins il n'ya pas de jaloux et en plus personne fait des comédies. TOUTES les équipes qui compose l'équipe LE RET ont

été éduquées comme ça et comme
ça, il n'y a jamais d'urgences, et
en plus, il y en a au moins 1 qui passe
beaucoup plus de temps dans la
piscine et comme ça, il se fatigue
assez pour faire des nuits complètes

CHAPITRE 9 vidange devant les 5 détachés

(MAMAN MAMAN)

allée a 4
pattes ont a compris respire

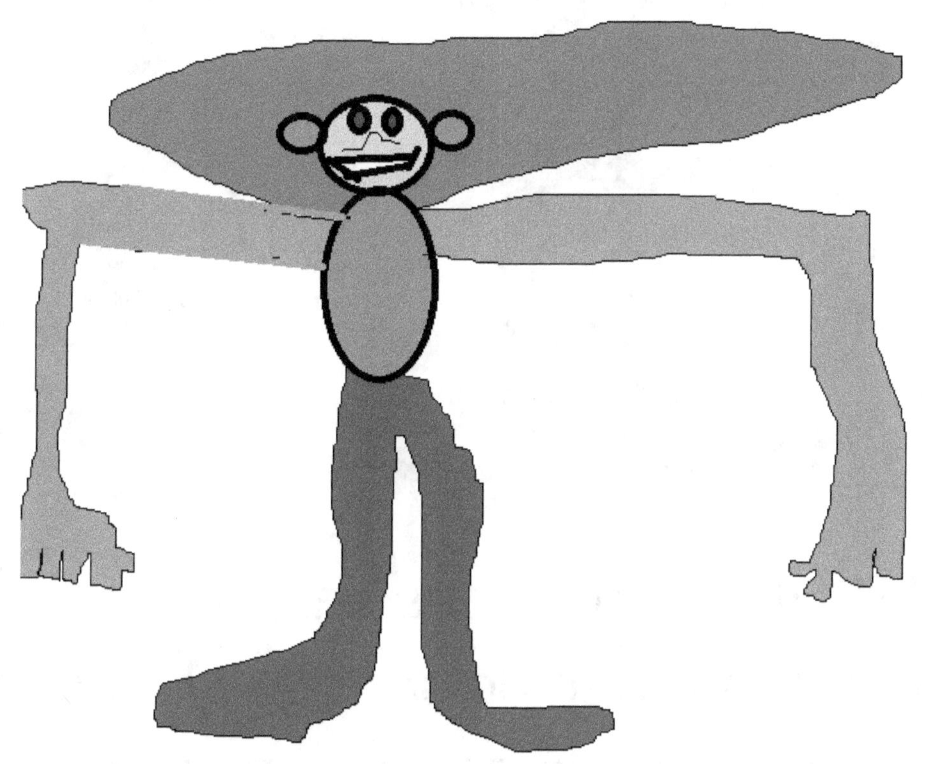

PLUFFFFFF PLUFFFFFPLUFFFFF

MERDE ces quoi ces saloperie hein. c' est rien ce sont des laves il produit pleins de laves noirs et grâces a ces laves noirs qu'on réutilise sois pour fabriqué des produits de soins au performance ou des colonnes de dentition on

utilise beaucoup ce jors de laves
ont fabriqué pleins de produit à
base justement de ces laves il
doit être vidangé assez
régulièrement ou il fait des crise
violent.

ALPHONSE

et ce que ces laves sont dangereux pour les être humains ? vous s'étre tous les 5 des être humain nous ça fait longtemps qu'ont et transformé en extraterrestre

(BLUM BLUM BLUM BLUM
BLUM)

ILS sont pas très solide en tous cas lorsqu'on leurs dit la vérité.VOILA p'tit diable numéro 2 tu et vidangés 3 glacières pleins et bonne nouvelles les laves sont parfait aucun a 1 déformation allée dans mes bra on fini de déjeuner et tu va a la sieste il faut que tu sois en forme pour la plage cet après-midi.

CHAPITRE 9 vidanges devant les 5 détachées

(MAMAN, MAMAN)

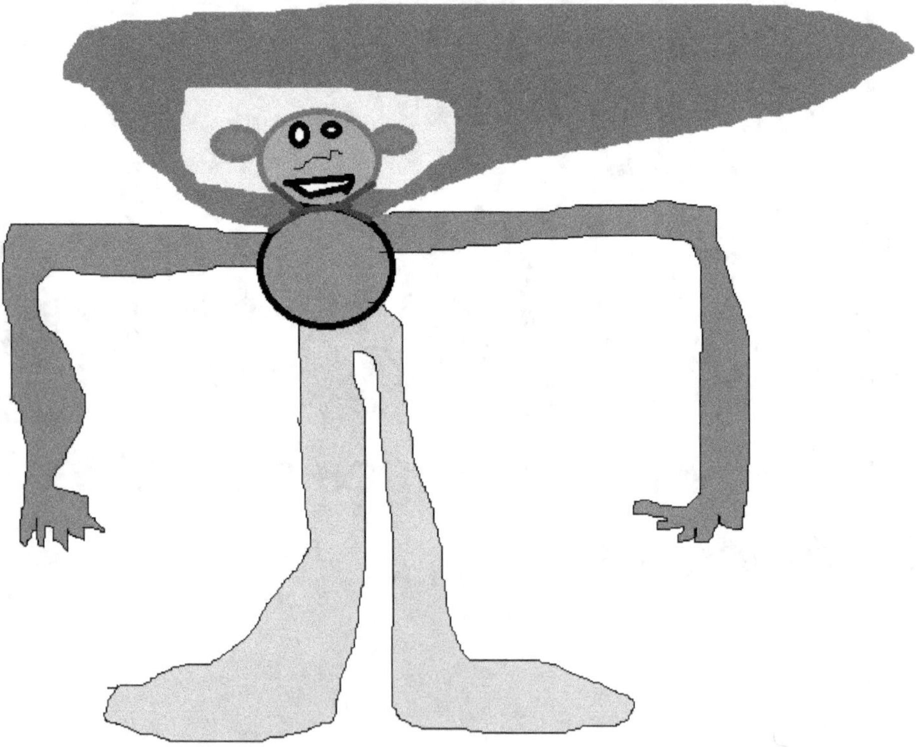

aller à 4
pattes, on a compris, respire

PLUFFFFFF PLUFFFFFPLUFFFFF

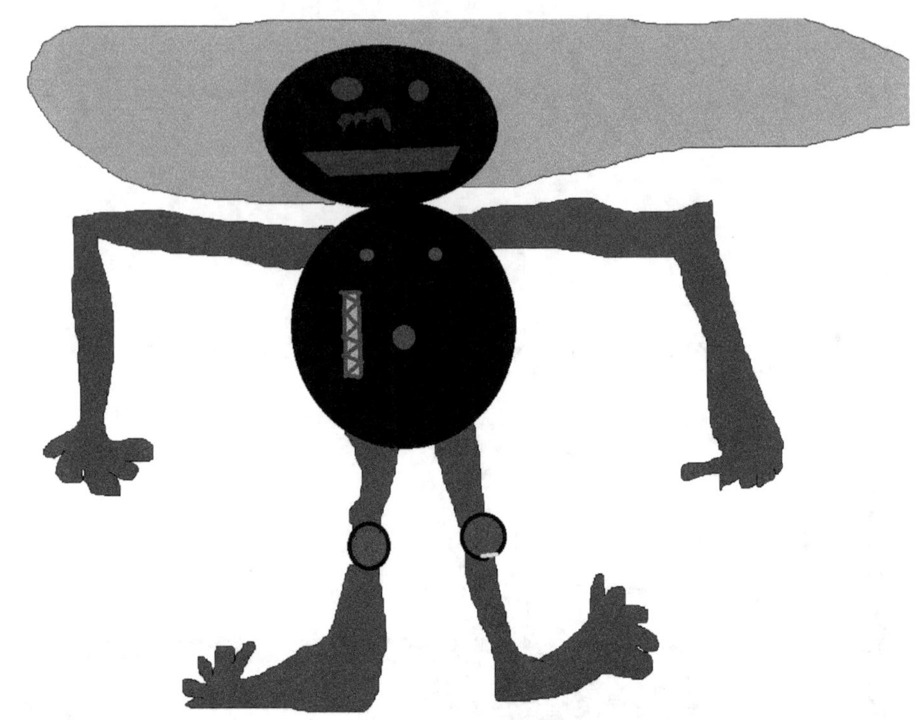

Merde, c'est quoi ces saloperies, hein. c'est rien, ce sont des laves, ils produisent plein de laves noires et grâce à ces laves noires qu'on réutilise soit pour fabriquer des produits de soins aux performances ou des colonnes de dentition, on utilise beaucoup ce jus de lave, on fabrique plein de produits à base justement de ces laves il doit être vidangé assez régulièrement ou il fait des crises violentes.

ALPHONSE

 est-ce que ces laves sont dangereux pour les êtres humain ? vous s'étre tous les 5 des êtres humains, nous, ça fait longtemps qu'on est transformés en extraterrestres

(BLUM BLUM BLUM BLUM BLUM)

 ILS ne sont pas très solides, en tout cas lorsqu'on leur dit la vérités. VOILA p'tit diable numéro 2 tu et vidangé 3 glacières pleins et bonne nouvelle les laves sont parfaits, aucune à 1 déformation aller dans mes bras ont fini de déjeuner et tu vas à la sieste, il faut que tu sois en forme pour la plage cet après-midi.

CHAPITRE 10, LES 3 P' TIT DIABLE, PASSAGE À LA CASSEROLE

GHROUM

ALLEE p'tit diable numéro 2 dans mes bras, en tout cas il ya 3 glacières parfaites.

GHROUM

Allé p'tit diable, nous voilà arrivés dans ta chambre et oui tu ne vas pas au taf aujourd'hui. pas oui p'tit diable numéro 2 aujourd'hui, tu passe a la casserole aller sucer ma bite

(SLUC SLUC SLUC SLUC CLAC
CLAC CLAC CLAC)

Et oui, aujourd'hui tu vas rester cul-nu toute la Martine et cette après-midi à la sieste en plus tu as

de la chance, Seuil, moi et

MUDOUME LE RET

on va s'occuper de toi, certes, tu
va dégusté mais ça fait 4
semaines
que tu n'as pas eu de correction,
et puis il faut bien qu'on vérifie
que
tu es passée au moins 1 fois par
la case révision MUDOUME, on

change de place ELLE ouvre là bouche

(SLUC SLUC SLUC CLIC CLAC CLAC CLAC CLAC)

en plus, ce soir, tu dors dans l'équipe de FUSION et tu vas retrouver des 2 frères p'tit diable numéro 1 et 3, ils vont passer aussi à la casserole avec toi, en plus, il y aura l'équipe SAMOURAÏS en plus vers 20 h 30. Aller, tu vas déguster si je reste

2 h 30 à déguster avant de partir chez Fusion, je vais de vidanger tu m'excuseras, mais connaissant FUSION il est trop bruts.

(2 h 30, PLUS TARD)

ALLEE reste à 4 pattes p'tit diable
numéro 2

(PLUFFFFFFF PLUFFFFFF)

, en tout cas, tes laves sont en
parfaite santé, hum
j'adore toujours y mettre les
mains en tout cas a sa y' et tu es
vidé
aller, viens avec moi d'abord la
douche ensuite chez FUSION il

va être super content, pas contre, je te lave avec les parfums de
SEB
LE RET ça sent la perche je trouve que FUSION aura bon appétit

(15 MINUTES PLUS TARD)

TES prés OUI GHROUM CHEZ
FUSION

(AY AY AY AY)

GHROUM

alors p'tit diable numéro 2 en tout cas, tu as de la chance, c'est ANUBIS qui va s'occuper de ton p'tit cul. A 4 pattes p'tit diable numéro 2 en tout cas tu sens bon la perche

(AYYYYYYY AYYYY AYYYY)

alors, les 3 p'tit diables, vous savez que ce soir vous dormez dans
l'équipe FORMULE 1 bande de chanceux qui avait des filles bien entendu, vous serez tranquilliser avant qu'on ne vous envoie histoire que vous ne faites pas de BÉBÉS avec les filles de l'équipe FORMULE 1

CHAPITRE 11 départ des 5 détachez

OUF, ils sont tous les 5 partie.OUI mais au moins il était très efficace
et super bosseur, dommage qu'ils soient partis,, mais bon, je pense que
c'est le fait qu'on soit super proche de p'tit diable numéro 2

sur tout pour ces vidanges, en tout cas il était très bien au niveau boulots, rien à redire STOP les grands ENCRE, NOIR, etc ANGE NOIR Les 5 détache revienne lundi, il était attendu pour 1 'contrôle, d'où le fait qu'ils ont dû reparti, on se fera 1 plaisir de vous les remettre dans les pattes, par contre, restez calme entre vous, on a besoin que vous restez professionnelle. et simple

a

créez vous avez encore 3 semaines de vacances et on na

réaménagés vaux postes, on va installer les 5 détachés dans l'hôtel PALAUD en renfort et afin que les dossiers soient plus rapides à trier et à évacuer et puis on n'a besoin de vos équipes sur les auberges principales.

CHAPITRE 12 mise à niveau

GHROUM

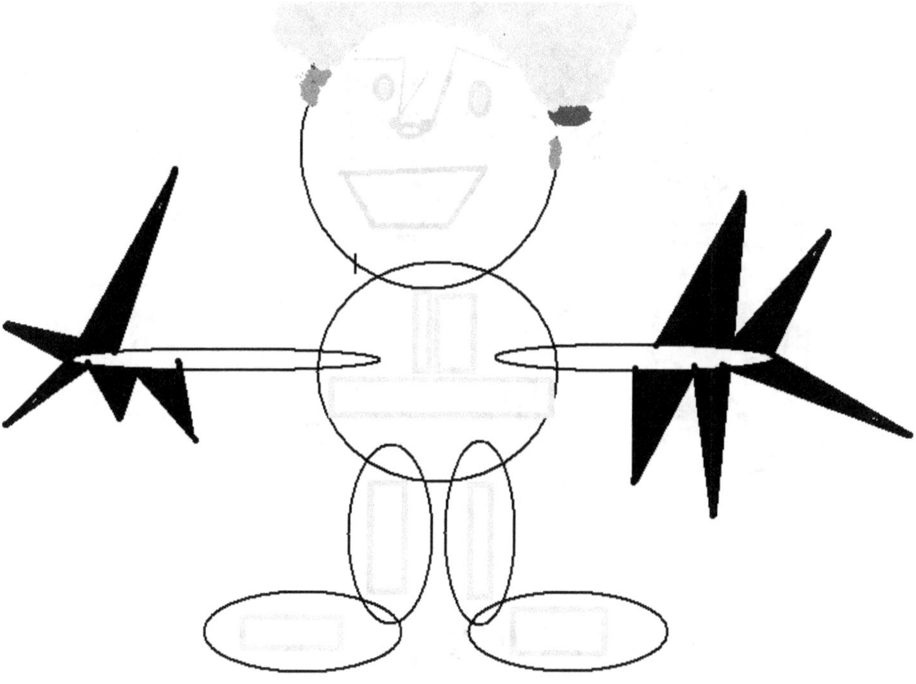

bonjour équipes

5 RAPIDO ENCRE NOIR et ANGE NOIR

voilà vaux nouveaux calendrier
bien entendu on na changé tous

veaux postes et vaux emplois de temps dont les équipes ENCRE NOIR et ANGE NOIR vous ne serez que d'après-midi à partir de maintenant les 5 RAPIDOS vous s'etre de nuit de 17h a 2h00 du martien et vous s'étre relève pas l'équipes les 4 jumeaux maléfiques les équipe LES BEAU GOSSES et LES 6 DIABLOTIN s'occupe des auberges des

PALAUD ANGEVIN JUMEAUX
BOSSEUX

les équipes ANGEVIN et
JUMEAUX BOSSEUX

 reste dans les auberges ils
prenez leurs boulot au sérieux
dont aucun perde ou problème
financiers a déclaré on compte
sur vous et pour p'tit diable
numéro 2 il devient chirurgien
comme moi et MUDOUME
comme sa il pourra vous aider a

évacué des parties vers d'autres hôpitaux.

CHAPITRE 12 mise à niveau

GHROUM

bonjour équipes 5 RAPIDO ENCRE NOIR et ANGE NOIR voilà vaux nouveaux calendrier bien entendu on na changé tous veaux postes et vaux emplois de temps dont les équipes ENCRE NOIR et ANGE NOIR vous ne serez que d'après-midi à partir de maintenant les 5 RAPIDOS vous s'etre de nuit de 17h a 2h00 du martien et vous s'étre relève pas l'équipes les 4 jumeaux maléfiques les équipe LES BEAU GOSSES et LES 6 DIABLOTIN s'occupe des auberges des

PALAUD ANGEVIN JUMEAUX
BOSSEUX les équipes ANGEVIN
et JUMEAUX BOSSEUX

reste dans les auberges ils
prenez leurs boulot au sérieux
dont aucun perde ou problème
financiers a déclaré on compte
sur vous et pour p'tit diable
numéro 2 il devient chirurgien
comme moi et MUDOUME

comme sa il pourra vous aider a évacué des parties vers d'autres hôpitaux.

CHAPITRE 13 retour des 5 détachés

HELLO les équipes ENCRE NOIR et ANGE NOIR allor comment allée vous on est revenu pour 14 semaines de stages sauf si vous ne souhaités pas nous gardé.CI mais nos calendrier ont été réaménagé afin qu'on ne farce pas trop d'heures et nos 2 équipes on décidé de quitter le monde médicals on et super bien

rémunéré mais on n'en peut plus des cadences nos parents on accepté nos décision et comme ils manques des équipes pour les remplacement on gardes nos poste jusqu à qu'ont forme 1 équipes pour nous remplacer pas vous 1 vous s'étre mineurs et de 2 vous n'être pas modifié génétiquement donc impossible que vous tiendrez les cadence et en plus ce né pas 1 boulot pour des mineurs comme
vous aucune vie séxuelles pas de congés et des horaires coupé dont l'enfer sur terre.OK mais

pourquoi vous n'avait pas arrêté avant notre arrivée? AVANT on travaille dans les auberge

PALAUD ANGEVIN et les 2 JUMEAUX BOSSEUX et dans les clinique JEANNE et JEANNETTE LE RET

dont on avait plus d'heures et
moin de vacance mais la depuis 5
mois on
présente des traces d'usures et
notre santé physiques vient d'en
prendre 1 coup sévère.

GHROUM

Voila pourquoi les 5 détachés
sont pressent aujourd'hui on avait
commencé à voir des traces
d'usure sur vaux 2 équipes mais
le fait qu'on vous ai imposé
pendant des mois de prendre
des vitamines tous les 3 jours
c'était uniquement pour cacher le

fait qu'on vous ai mie en danger alor ils ya 2 mois on vous a fait croire que les cliniques JEANNE et JEANNETTE LE RET avais u 1 contrôle sanitaires et était contraint de fermer pour procédure administrative.

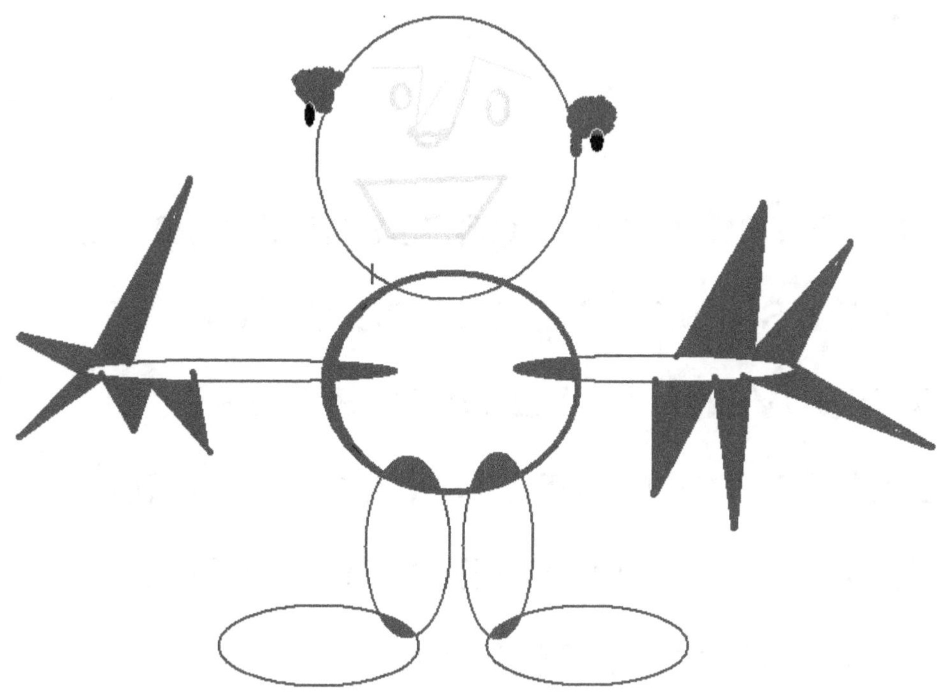

GHROUM

ont a fait sa en conséquence de votre santé la peur de vous retrouver DCD a pris le dessus alor on na déliré pendant 1 mois mais on na pas réussir à vous tenir éloigné des clinique

JEANNE et JEANNETTE LE RET

depuis que les p'tit diables numéro 1 et 3 ne sont plus là et s'occupe de leurs petit enfants on galéres malgrés que les équipes P'TIT ANGE et KART sont arrivée pas moyen de sorbée les flux de partient la nôtre dernière tentative et aussi 1 échec. ONt a décidé

aver MUDoUME de fermé les 2
clinique JEANNE et JEANNETTE
LE RET on né allée
Beaucoup trop loin on n'en prend
conscience maintenant.

CHAPITRE 14 PROCÉDURE
CESSATION D ACTIVITÉ

Voilà le dossier, nous sommes sur le point d'être convoqués au tribunal.

Dans un délai de moins de 25 jours, je suis ravi que nous ayons réussi.

en présence des équipes ANGE NOIR et ENCRE NOIR. mais Qu'est-ce qu'on peut faire comme activité professionnelle maintenant?

Je vais arrêter de prendre en charge des parties aujourd'hui, je vais passer à autre chose. les annoce.OK je Accélère pour

mettre les affiches et pour le
personnel, la
La clinique POIREAUX est là pour
récupérer tout le monde sans
aucun problème.
justicières de ce côté là. DE
toutes façons ils ya pas de
Il n'y a que des extra-terrestres
qui travaillent ici.
dont.

(3 jours plus tard)

 OUFF prés grand frère allée allon
ci

(8 heures plus tard)

ENFIN libéré allée allon fermé la société pour la dernière fois. FÉLICITATIONS à nous soit enfin sorti de ce merdier j'espère que nos équipes vont comprendre notre décision en tout cas maintenant on est soulagé de tout ce bordelle allon nous occuper de p'tit diable numéro 2 ça fait 1 moment qu'on ne lui a pas fait de vidange.

CHAPITRE 15 PLAGE DE PORT D ORANGE

GHROUM

Pas où sont les équipes LES 6 DIABLOTIN et les 4 JUMEAUX MALÉFIQUE au RELAIS DE L OCEAN depuis le temps que MADELEINE PALAUD me demande de laisser au moins 1 équipe sur place elle en a 2 comme ça elle va enfin mettre fin

à ses râleries et puis ils sont
devenus grands maintenant s'ils
en ont envie
Faites la fête, je leur accorde plus
de temps libre et maintenant que
nous n'avons plus à nous occuper
des cliniques

JEANNE et JEANNETTE LE RET

Nous restons dans nos locaux, j'avais l'intention de les transformer en une ferme.
Cette idée de CILICLOPE pour produire de la nourriture est excellente.
l'idée Avec les tempêtes et les sécheresses, on va de toute manière.

Pour pouvoir résoudre de nombreux problèmes similaires, il est essentiel d'en trouver davantage. Transférer des fabricants de billes d'algues maritimes et aussie 1
Afin de produire des boîtes d'emballage à partir de
Le sucre, en tout cas, nous avons beaucoup de projets. Je pense qu'on aurait commencé il y a 5 ans. MUDOUME LE RET mais on reste très prudent sur nos futurs avertissements.

CHAPITRE 16 P TIT DIABLE

NUMÉRO 2 MALADE

OU LA Allo p'tit diable numéro 2
encore malade bon tu restes au
lit
toute la matinée pas contre pas
de plage cette après-midi hein
bon je vais voir avec l'équipe
ENCRE NOIR si ils peuvent
s'occuper de toi cette après-midi